O Reencarnado

Eduardo Borsato

O Reencarnado

1ª Edição
POD

Petrópolis
KBR
2011

Edição e revisão **KBR**
Editoração **APED**
Foto da Capa **Museu do Mamulengo, Olinda, PE**

ISBN: 978-85-8180-196-4

KBR Editora Digital Ltda.
www.kbrdigital.com.br
atendimento@kbrdigital.com.br
24 2222.3491

B869.3 – Ficção e Contos Brasileiros

Eduardo Borsato é teatrólogo, contista e novelista. Foi *ghost-writer*, redator da Rede Globo e adaptador de novelas de televisão para bolso e livro. Por dez anos, editou *house-organs* e jornais de bairro. É autor de *Minha filha também*, pela KBR.

Site do autor: http://www.eduardo.borsato.nom.br/
E-mail: contato@eduardo.borsato.nom.br

Sumário

A MALVADA

Não havia a menor dúvida de que Aninha amava, com absoluto desespero, o Geraldão.

— Cruz! Parece doença!

Aninha dava de ombros:

— Que se há de fazer? Todo mundo já nasce com o destino traçado. O meu é venerar o Geraldão. Meu carma.

Tinham-se casado há cinco anos e viviam até aquele momento uma harmonia e uma paz de convento beneditino.

Isso não quer dizer que não houvesse diferenças fundamentais entre eles. A começar na sugerida pelos nomes. Geraldão, pacato funcionário da Administração Regional, era miúdo, tinha bracinhos de palito, peito de frango e ostentava uma tosse de tísico.

Aninha, ao contrário, esbanjava a robustez acintosa daquelas nórdicas das antigas revistinhas suecas. Formada em Teosofia por correspondência, fundara a Beauty Pet Oeste, atelier veterinário especializado em corte e tosa para cães e gatos. Também dava aulas de educação física para idosos, tetraplégicos e gestantes.

Mas a diferença abissal entre eles é que Geraldão desejava, acima de tudo, ser pai, enquanto Aninha fazia de tudo para não ser mãe.

Ter ou não ter, eis a questão

— Pensa bem. Pensa bem.

— Ih, mãe. Chega, vá. Não quero porque não quero. Pronto.

— É um disparate. Tem que ter uma explicação. Tem que ter. — E Dona Cotinha quase arrancava os cabelos de pura frustração. Era uma dessas mães que hoje só existem nos museus. Casamento para ela tinha uma única finalidade: a procriação. Caso contrário, seria puro sexo, algo que, aliás, abominava.

Tivera apenas cinco filhos, porque a última gravidez fora de tão alto risco que o médico se viu obrigado a tirar-lhe o útero. Assim, ainda mais depois que enviuvou, dizer que vivia exclusivamente para os filhos é café pequeno. Mesmo depois de morta, no além, seria capaz de ainda continuar dedicando-se a eles.

Tanta devoção a tornou uma unanimidade: era detestada por três noras e dois genros. A única e honrosa exceção era o Geraldão. Na verdade, os dois se adoravam. Qualquer Freud de botequim acertaria na mosca se dissesse que ela via nele o sexto filho que não tivera. E ele via nela a mãe que o abandonara, com três dias de nascido, na porta do terreiro de Umbanda Nhã Nhã de Angola, no bairro Arnaldo Eugênio.

Dona Cotinha insistia tanto naquele assunto que Aninha acabou não aguentando mais:

— Tá certo, mãe. Eu explico.

— É bom.

E Aninha, numa aflição:

— Não quero repartir meu amor pelo Geraldão. Não quero, viu? Por isso.

— Repartir?!

— Com um filho!

— Mas...

— Nem com filho nem com ninguém, tá sabendo?

A palpitação, que dona Cotinha não sentia há meses, voltou de repente. E aumentou, quando Aninha acrescentou, dura:

— Prefiro morrer a ser mãe! Prefiro! Além do mais... — Fez uma pausa que disparou de vez a palpitação da mãe. —Liguei as trompas.

— Pode reverter.

— Não quero!

— É sua resolução? Definitiva?

— Definitiva.

O que Aninha não sabia é que dona Cotinha, ouvindo aquilo, também tinha acabado de tomar uma resolução inamovível, muito mais que definitiva.

O repúdio

— Não é mais minha filha. Não considero.

E Geraldão, aflitíssimo, depois de ouvir dela tudo o que Aninha tinha dito:

— Mas e eu, dona Cotinha? E eu?

— Lavo minhas mãos, meu filho.

E, a voz cansada:

— Qual foi minha vida até hoje? Hein? Ter filhos. Cuidar. Até a morte. Minha ou...

A voz se tornou mais cansada ainda:

— Agora ouço minha filha mais nova dizer que... Sabe o que valeu minha vida? Sabe? Um tostão furado. Nem isso.

A voz se tornou quase inaudível:

— Pra continuar vivendo, tive que matar a Aninha no meu coração. Imagina o que me custou isso?! Vou suportar? Vou?

Ela mesma tentou responder, mas deu levíssimo gemido, cruzou as mãos no peito e desabou no chão, como um saco de batatas.

O pusilânime

— Trombose seguida de enfarte. Agudo. — diagnosticou o doutor Alberto. — Não volta a si. Nunca mais. Até o fim.

Toda a família se descabelou, inclusive e principalmente as três noras e os dois genros que detestavam Dona Cotinha. Com uma única e estranhíssima exceção: o Geraldão.

Ao contrário dos outros, não disse um ai, não contorceu as mãos, por suas chupadas bochechas não escorreu qualquer lágrima. Amuou-se num canto do quarto. Só dos olhos, que não se desgrudavam de Aninha, saía o mesmo e divino ódio que iluminou Jesus quando foi trocado por Barrabás.

Aninha ficou preocupadíssima. Mas só quando voltaram para casa é que para ela se desvendou o mistério. Nem bem entraram, Geraldão foi logo gritando, com voz de trovão, verdadeiro Mario Lanza:

— Você, a culpada! Você!

— Eu?!

Geraldão, engasgado na própria revolta, só conseguia murmurar:

— Ela... dona Cotinha...

— Qué que tem, criatura?

— Ai, meu Deus... meu Deus do céu!

— Senta. Respira fundo. Não vai você também ter um troço.

E ele, descontrolado:

— Não fala assim! Não fala!

Aos trambolhões, contou a conversa que tivera com dona Cotinha. Terminou, patético:

— Com você não fico! Não fico, viu?

— Mas...

— Você não merece! Não mesmo!

— Escuta...

— Ou sai você desta casa ou saio eu.

A determinação dele era tamanha que ela desmoronou, se humilhou, implorou, disse que sem ele não conseguia viver, se ele se fosse mesmo ela tomava creolina com coca-cola, enfim, o diabo.

E ele, assim que ela terminou, seco:

— Então vou eu.

Entrou no quarto, pôs-se a arrumar algumas roupas na maletinha.

Aninha se deixou cair, derreada, no sofá. Tinha se humilhado, implorado, descido tanto, a ponto de... E para quê? Do que tinha adiantado? Não sabia. Sabia apenas que havia uma grande diferença entre se humilhar e ser espezinhada. Mas não era o que Geraldão tinha feito? O que estava de novo fazendo agora? Pois então?

A porta do quarto se abriu, Geraldão apareceu, a maletinha numa das mãos. Ela saltou sobre ele, cobriu-o de tabefes. Sem imaginar uma reação de tamanhas proporções, ele ergueu os bracinhos, cobriu o rosto, pôs-se a gritar, no mais total e completo desvalimento.

Os vizinhos ouviram, alvoroçaram-se, amontoaram-se no portão. Foi quando a porta de entrada se abriu e os dois apareceram, Aninha segurava Geraldão pelo cangote. Agitava-o de um lado para outro. Olhando para os vizinhos, gritou-lhe:

— Agora diz. Pode dizer.

— O quê? O quê?

— Diz pro povo que você fica!

A vingança

Iniciada, a fúria de Aninha não teve limites. Medeia campo-grandense, tinha agora que acertar contas com a mãe. Não tinha sido por causa dela que perdera o amor do Geraldão? Sim, porque agora ele só ficava ao seu lado pelo irrefreável medo de novos tabefes. Seu amor não era mais amor, era puro reflexo condicionado.

Não foi difícil convencer a família a levar a mãe para sua casa. Afinal, como fisioterapeuta amadora, já cuidava de inválidos, idosos e, assim, patati patatá. Mas o argumento imbatível foi o de que era a única maneira de evitar os gastos salgadíssimos do asilo onde ela estava.

Dona Cotinha passou a ocupar o quarto ao lado. Então, toda noite, Aninha se dedicava ao mais furioso e sonoro sexo com Geraldão. Através das paredes finíssimas, tinha a certeza de que a mãe tudo ouvia.

Quando terminava, ia para o quarto dela, limpava carinhosamente as lágrimas que lhe escorriam pela face. Deitava-se ao seu lado. Logo adormecia, tendo na alma a mais pura satisfação e nos lábios o mais límpido e maldito dos sorrisos.

A SANTA

Podia haver semelhante. Jamais igual. O fato é que Mercedes tinha nascido com um sentimento de culpa de fazer inveja ao mais empedernido cristão.

Assim, purgava o pecado original dedicando-se ao próximo com humildade idêntica à da Virgem no momento em que deu à luz o Cristo, no quentinho da palhinha e do cocô da alimária, na sagrada e fedidinha manjedoura.

Aliás, não faltava quem a visse como uma precoce Madre Tereza de Calcutá campo-grandense. E fortíssima candidata a primeira beata — santa, quiçá — suburbana carioca.

— Essa menina foi abençoada por nosso Salvador —babava-se padre Alfredo, e acrescentava, já de olho num chapéu cardinalício: — E foi destas mãos que recebeu a devida orientação espiritual.

Quando entrou na adolescência, porém, Mercedes caiu em tremenda crise existencial. Convenceu-se de que sua fé e sua vida eram uma pálida imitação de algo mais profundo, insondável. Mas o quê? Como descobrir?

Passou longo tempo entregue à sofrida meditação, até que aconteceu algo que desvendou o mistério e lhe apontou o verdadeiro caminho.

O santo

Conversavam o pai e a mãe de Mercedes.

— Ela jurou? — perguntou ele.

A mãe, chamada Jandira — que era capaz de dar os dois rins pela filha — retrucou:

— De pés juntos.

— E você acreditou?

Ela quase se escandalizou:

— Por que não havia de acreditar?

Já Aderaldo — esse o nome do pai — encarava as coisas com o pragmatismo de um dono de padaria suburbano.

— Essa menina... sei não... anda exagerando.

E costumava desabafar com Divaldo, o amigo, padeiro como ele:

— Que Mercedes seja uma tremenda papa-hóstia, que não saia da igreja, adore o Padre Marcelo, pertença à tal juventude carismática e o escambau, vá lá.

Dava um suspiro sentido:

— Mas, que diabo, é filha única. Vai herdar a padaria. Precisa aprender a administrar o negócio. E ninguém melhor que você pra saber quanto sacrifício custa isso. É ou não é?

E Divaldo, profundo:

— Bota sacrifício nisso! Bota sacrifício!

Mas, verdade seja dita, o que Mercedes tinha contado à mãe era coisa de chacoalhar até um defunto.

— Eu vi. Tenho certeza.

— Mesmo? É coisa séria. Muito.

Mercedes detalhou:

— Foi ontem de noite, mãe. Sabe aquela horinha gostosa, da gente quase pegar no sono?

— A modorra.

— Pois é. Apareceu em cima do criado mudo.

— O quê?

— No início, uma luzinha. Azul. Bonitinha.
Muito.

— Depois?

— Tentei pegar. Ela não deixou.

Resumindo: a luzinha pulou de um lado para
outro, acabou levitando no meio do quarto. E de
dentro dela, apareceu um rosto.

— Embaçado. Mas rosto.

— De quem?

— Meu padroeiro. São Sebastião.

Padre Alfredo franze a testa:

— Minha filha, se estava embaçado, como
é que...

— Até o bigode.

O padre engasgou:

— Filha, o livro dos santos não...

— E o olho azul.

— Azul?!

— O esquerdo era verde.

O padre raspa a garganta:

— Minha filha... pelo amor do santíssimo...

E ela, mais do que convicta:

— Eu vi, padre! Eu vi!

Já em puro desespero, ele insistiu:

— E as flechas?

— Flecha não vi nenhuma.

Ele ergueu os olhos para o céu:

— Lá se vai meu chapéu de cardeal.

Os pães

Três dias depois, aconteceu a catástrofe.

— Ai, meu Deus! Ai, meu Deus do céu! — lamuriou-se Aderaldo.

— Credo! Um burro velho! Choramingando feito criança! — diz Jandira.

Divaldo se volta para ela:

— A bem da verdade, dona Jandira, ele tem toda razão. Falo como amigo. Mas, acima de tudo, como padeiro.

— Calma, gente. Afinal, trata-se de um milagre diz padre Alfredo.

— Milagre?! — estranha Divaldo

— A multiplicação dos pães.

Aderaldo estrila:

— Uma ova! Às minhas custas!

— Que milagre? — insiste Divaldo.

E o padre:

— Não são retos os caminhos do Senhor.

— Mas são retos os do meu bolso.

— Cem pães diariamente, para cem pobrezinhos. Que outro nome teria isso?

— Falência, padre! Falência!

Divaldo emenda:

— Aliás, não são pobrezinhos. São cem pilantras. Aproveitadores. E vão aumentar.

Mercedes, quieta até aquele momento, sorri, beatífica:

— Pai, o senhor será fartamente recompensado.

— Quando?

— São Sebastião que garantiu.

— Quando?

— Quando sua dádiva for aumentada.

— Cumé que é?!

— Com leite e cafezinho.

Aderaldo se engasga:

— Leite... e...

— Cafezinho — completa Mercedes. — A partir de amanhã.

— Ai, meu Deus! Meu Deus do céu!

— Nem pensa em negar, Aderaldo! Nem pensa! — ameaça Jandira.

Padre Alfredo reforça:

— Será um tremendo pecado. Deus não perdoará.

Aderaldo encara Mercedes. E, súplice:

— Minha filha, esse é o último pedido do santo, não é?

Ela não responde, apenas estica o mesmo sorriso beatífico, o que deixa Aderaldo numa dúvida tão angustiante quanto a de Judas antes de tascar o beijo da traição na bochecha esquerda de Jesus.

O fraldão

Quinze dias depois, aconteceu o previsto e inevitável: Aderaldo vai à falência. E por algo de uma simplicidade hedionda: com a padaria sempre atulhada de maltrapilhos, a clientela sumiu. Sumida a clientela, sumiu o dinheiro. Sumido o dinheiro, sumiram os fornecedores, as mercadorias. Ficaram as dívidas, que ele não pôde pagar. Resultado: a mais refulgente bancarrota.

Aderaldo caiu de cama. Atacou-o tremenda diarreia.

Chamado, o Dr. Alberto foi dramático:

— Relaxamento total do esfíncter, resultado de profundo trauma emocional. Tem que fazer dieta, tomar soro, usar fraldão.

— Não uso diz Aderaldo, com uma vozinha fraca, exangue:

E Jandira:

— Bobagem. Pra seu bem.

— Nem morto — e se volta para Divaldo:

— Tá vendo só no traste que eu virei?

Divaldo assente, grave:

— Tou vendo! Tou vendo!

Mercedes abre a boca para dizer alguma coisa, mas cala-se. É que, vendo o pai naquele estado, já estava começando a achar que o santo tinha forçado um pouco a mão.

Aderaldo não usou fraldão. Mas também não durou mais que uma semana. Findou-se numa madrugada cinzenta de quinta-feira.

O enterro

Mercedes e a mãe não puderam fazer o sepultamento, pela banalíssima razão de não terem dinheiro sequer para comprar chiclete. Divaldo se encarregou de tudo e Aderaldo foi levado à cova numa cerimônia tristíssima, mais solitária e sombria que a dos cristãos enterrados nas catacumbas.

Mercedes ainda ficou um tempão à beira do túmulo, à espera de que o santo, invocado com insistência por ela desde o início da doença, pelo menos naquele momento desse o ar de sua graça. Mas ele não apareceu e seu deslumbramento interior murchou. Nem a romântica lembrança dos olhos dele, um azul, outro verde, tirou de seu coração a flecha da decepção que ali foi cravada.

Ela então, sentindo o friozinho da chuva encharcar-lhe a blusinha de chita barata e a calça jeans falsificada, comprada num camelô da rodoviária, compreendeu, num dramático relance, tudo o que tinha acontecido com uma clareza macabra, avassaladora.

A verdade era uma só, tristíssima e insofismável: o santo não passava do mais trágico engodo, assim como sua vida até ali, sua solidariedade, sua luta pelos pobres. Sim, porque, afinal, tudo aquilo a tinha levado a quê? À morte do pai, à vergonha de não terem sequer dinheiro para um enterro decente, à padaria emporcalhada por um monte de espertalhões.

Ah, mas as coisas não ficariam assim! Agora não, violão! Se tinha sido mansa como uma pomba, dali em diante seria má e vingativa como uma serpente.

A outra face

Como uma nova Fera da Penha, saiu do cemitério, foi direto para a padaria. E à semelhança do Cristo furibundo que expulsou os vendilhões do templo, ela, como novo Cristo, mulher embora, mas igualmente furibunda, expulsou da padaria todos os fariseus que lá se amontoavam.

Fez mais: para absoluto escândalo do padre Alfredo, um mês depois vendeu o imóvel para a Igreja Evangélica Vitória em Cristo. Fez ainda mais, agora para escândalo do padre e também da mãe: amigou-se com o Divaldo.

Acontece, porém, que Jandira insistia em continuar vendo a filha como uma pretendente a santa, e passou a exigir dela as antigas virtudes. Reclamava dia sim o outro também. Enfim, virou uma chata descomunal.

Mercedes não titubeou. Para escândalo dos vizinhos, expulsou-a de casa, colocou-a solenemente no olho da rua.

Jandira foi morar de favor no quartinho dos fundos da casa de um deles. Para se sustentar, arranjou emprego temporário de anunciadora de um laboratório de próteses. Passava o dia inteiro no cal-

çadão berrando o nome do laboratório e distribuin-
do panfletos.

Quanto a Mercedes, estava pensando em abrir
filiais da padaria do Divaldo em Bangu e em Santa Cruz. Pretendia também viajar para a França, e
lá aprender a fazer a legítima baguete, o que repre-
sentaria um salto à frente no comércio panificador
campo-grandense.

A PALAVRA

— Quero que meu filho seja o mais puro dos homens!

É o que dizia Doralice, alto e bom som. Viúva, jovem, gostosíssima, despertava os mais fundos suspiros e os desejos mais cabeludos. Mas afastava qualquer ousadia com uma frase lapidar:

— Ao Luiz devo amor eterno e pronto!

Luiz, o defunto, compunha a seguinte escala de valores: em primeiro lugar, claro, ele, o feliz *de cujus*; em segundo, Deus; e, em terceiro, Lourival, o filho, tratado por ela carinhosamente de Lori.

Tanta determinação provocava nos parentes inveja e admiração. Com a honrosa exceção do Waldemar, o primo beberrão e devasso. Barbicha de bode, eterno hálito de conhaque, conhecedor da vida, dos botecos e da alma humana, não se cansava de repetir:

— Sei não... Gostosa assim, tem que ter alguém. Tem que ter.

— Pois não tenho, fique o senhor sabendo.

— Uma paixão oculta.

— Só Deus e sua palavra.

Para não deixar qualquer dúvida, Doralice trocou o que considerava a frouxidão atual da Igreja Católica pelo absoluto ascetismo da Primeira Igreja Pentecostal do Tinguí. E para lá levou Lourival. E de lá o fez pastor.

Só que Deus escreve certo por linhas tortas. O que pode ser assim resumido: se a carne é fraca, a de Lourival era de uma fraqueza invejável. O que tinha tudo para alterar o destino retilíneo traçado por Doralice, para sua própria vida e para a de seu amado Lori.

O juízo final

No gabinete da Pentecostal, o Bispo, um sujeito suspeitíssimo que só pensava em dinheiro, foi enfático:

— Para daqui a dois meses.

Lourival, também suspeitíssimo, já que só pensava em sexo, tremeu nas bases:

— Peraí, Bispo. Vamos com calma. Muita calma.

— Qué que houve?

Lourival não teve papas na língua:

— Decretar o fim do mundo, o final dos tempos, assim, com hora marcada e tudo, é dose. Tenha a santa paciência.

E o Bispo, depois de leve e estratégica pausa:

— Meu filho... — embora jovem, era dessa maneira que tratava os fiéis, um Moisés do Tinguí guiando o povo de Deus.

— Meu filho — repetiu, olhando bem fundo nos olhos de Lourival — Noto em você alguma hesitação. Será verdade?

— Bom...

O raciocínio de Lourival era de uma canalhice monacal: decretado o juízo final, qual a fiel daquele rebanho disposta a encarar a face de um Deus severíssimo e implacável? Tinha certeza de que a fé delas era tão elástica quanto a sua. Resultado: haveria uma debandada geral. De onde então cevaria ele sua irrefreável busca por sexo se a matéria prima rarearia de forma tão drástica? Talvez restasse somente meia dúzia de velhas beatas, tão provocantes quanto um canguru perneta. Sendo assim...

— Então, meu filho? — insistiu o Bispo.

Antes que Lourival respondesse, alguém bateu na porta. O Bispo mandou entrar e Lourival teve à sua frente a mulher mais linda e apetitosa que jamais vira. Tinha a beleza fugidia de um anjo decaído, a delicadeza de um biscuit de confeitaria. Trocou algumas palavras com o Bispo, retirou-se, não sem antes lançar sobre Lourival um olhar que ele, em sua megalomania, julgou dos mais convidativos.

Daquele momento em diante, embora o Bispo tentasse provar por *a* mais *b* o quanto a proximidade do juízo final podia significar em aumento do dízimo, publicidade gratuita para a igreja e coisa e tal, Lourival mal ouviu e deu graças quando a conversa terminou. Saiu, com a seguinte ideia fixa: tinha que descobrir tudo sobre aquela criatura, nem que fosse a última coisa que fizesse na vida.

Janine

Esse o nome dela. Tinha acabado de ingressar na igreja e fazia parte do coral gospel. Era recém-casada com um bovino e façanhudo sargento do Corpo de Bombeiros. Consciente dos encantos da mulher, ele afastava qualquer engraçadinho com um simples olhar. O que não significava obstáculo algum para Lourival, que logo conseguiu o telefone dela e para ela ligou.

Foi dramático e altamente convincente. O Bispo já tinha anunciado o dia do juízo final e ele se disse encarregado de oferecer a fiéis muito especiais — exatamente o caso dela — a maneira mais conveniente de se apresentar diante do Criador. Como ela tinha sido uma das escolhidas, ele...

— Ai, meu Deus! Qué que eu devo fazer?

— Encontrar-se comigo. Depois do culto. Hoje. No gabinete.

Só que, diante dela, tremeu. Toda sua filosofia de impenitente pecador quase ruiu perante aquela pureza de primeira comunhão.

— Qué que eu faço, pastor?

Lourival suspirou fundo, recuperou-se:

— A única salvação é a palavra.

— Espera...

— O quê?

— Tão simples assim?

— A minha.

— Ué... pensei que fosse a do Senhor.

— Sou o intermediário.

— Ahn...

— A palavra é a mesma.

— Bem...

— Tem o mesmo peso.

— Ah!

— Pode ser frouxa ou rija.

— Pode?

— Ser vista ou ouvida.

— Ahn...

— Pode-se pegar nela ou não.

— Pegar?

— A minha. Como você prefere?

— Eu?!

— Vou ficar ali, pertinho do abajur.

— Pra quê?

— Pra você ver melhor. E resolver.

— Peraí... peraí... o que é isso?

— Tá vendo bem?

— Mas isso é... é...

— Quer que eu chegue mais perto?

— Não... não...

— Prefere pegar?

— Ai, meu Deus! Ai, meu Deus do céu!

— Espera! Onde é que você vai?

— Contar pro meu marido, viu? Tudinho! — e saiu correndo.

Sozinho, Lourival amaldiçoou-se por ter agido como um reles amador. Precipitara-se, portara-se como uma criança diante de um doce apetitoso. E agora? No mínimo, teria que se haver com o marido, o fero capitão do mato. A figura doce e frágil de Janine foi imediatamente substituída pela do sólido e rude bombeiro.

Não pôde, porém, continuar com tais ponderações porque, numa sequência de pesadelo, nem bem ela saiu, Doralice entrou.

O beijo

A cena que se seguiu obedece à gradação do mais escuso folhetim.

— Mãe! — exclamou ele, prosaicamente ajeitando a calça.

E ela, como uma desvairada Jocasta:

— Você acaba de me matar, tá ouvindo? Me matar!

— Por quê?

— Eu vi!

— O quê?

— Não mente! Não se atreva!

— Mas...

— Já tinha ouvido rumores. Não acreditei. Estava cega.

— Seu amor de mãe. Eu entendo. Mas...

— O meu amor! Durante toda a minha vida!

— Mãe!

— Principalmente depois que o Luiz morreu.

— Eu sei...

— O meu amor! Você jogou por terra. Me traiu.

— Sei... como filho, eu...

— Não só como filho!

— Não?

— Como homem!

— Hein?!

— Como o homem que eu... que eu...

— O quê, mãe?

— Você não entende? Não entende?

— Não...

Ela se aproximou, deu-lhe tremendo beijo na boca. De língua. Depois, com o ar mais desvairado ainda, imitou Janine, saiu correndo.

Ele permaneceu ainda muito tempo ali, pensativo. As coisas tinham se precipitado de uma forma que... Mas, que diabo, se a mãe... A bíblia condenava, mas a legislação... Afinal, o incesto... Bom, era amor entre adultos e a mãe era tão ou mais apetitosa que Janine. Mais madura, mais... E se tudo acontecesse com a maior discrição? Aliás, por que sentir culpa, se ela é que tinha tomado a iniciativa? O telefone tocou. Ele atendeu. Reconheceu logo a voz pastosa do primo Waldemar. Lamuriava-se:

— Um desperdício! Tremendo!

— Que foi?

— A Doralice.

— Que foi que aconteceu?

— Debaixo de um ônibus.

— Atropelada?

— Atirou-se.

— Meu Deus!

— Desperdício! Tremendo!

O enterro foi dos mais concorridos. Aconteceu, porém, algo que ninguém compreendeu. O corpo baixado à sepultura, o filho inconsolado ao lado dela, um gigantesco sargento do Corpo de Bombeiros dele se aproximou e, sem dizer uma palavra sequer, quebrou-lhe a cara.

O REENCARNADO

— Filho meu chegou aos 21 anos tem que casar, tratar da própria vida — repetia Constança, no almoço e no jantar.

Mirinho, o filho único, prestes a completar a idade fatal, sentia-se literalmente massacrado. Em desespero, procurava os olhos do pai, que se mantinha de cabeça baixa, concentrado na sopa de ervilha.

A verdade é que Ariosto agia com uma frieza de esquimó. Isso, desde a noite de núpcias, há mais de vinte anos, quando Constança lhe revelou algo que ciosamente ocultara ao longo do namoro e do noivado. Era o seguinte: ainda na adolescência, no terreno baldio ao lado de sua casa, tinha sido violentada por um negão chamado Romualdo, chefe da limpeza urbana. E tinha adorado.

Agora, em nome daquele gozo que pesava sobre ela como uma nódoa, queria punir-se. Portanto, exigia dele sexo apenas de vinte em vinte dias. E foi implacável:

— Se não concorda, desfaça o casamento.

Ariosto tremeu diante da absurda hipótese de devolver a esposa na noite de núpcias. Cedeu. E perdeu para sempre o respeito de Constança. Pior: perdeu para sempre o respeito por si mesmo.

A partir daí, e também para se punir — já que nunca soube se tinha sido submetido a uma prova —, impôs-se uma vida de absoluta impassividade diante de tudo o que dissesse respeito ao casal. O que o condenou a uma existência de uma pasmaceira horrenda. Com a louvável exceção de volta e meia sonhar com o negão estuprador.

Elisa

Foi da forma mais banal que a conheceu. Ela apareceu em seu escritório acompanhando uma colega, também professora, que precisava resolver um problema qualquer do imposto de renda.

Chamou-lhe a atenção por uma saúde de loba faminta e pelos olhos, que pareciam querer devorá-lo. Falando claro: aquele olhar não passava da mais descarada cantada.

Qualquer sujeito normal teria logo preparado um galanteio e sabe-se lá o que mais. Mas Ariosto estava longe de ser um sujeito normal. Murchou. Resultado: passou o resto do dia agoniado, detestando-se.

E a noite também foi de puro horror, ele quase sem pregar os olhos, tomado pela absoluta consciência de que tinha sido um perfeitíssimo banana.

O pai

O dia seguinte seria também uma tortura se no escritório, pouco antes do meio-dia, o telefone não tivesse tocado. Era Elisa, que, para absoluto espanto de Ariosto, foi logo tratando-o com uma familiaridade de deixar qualquer um de queixo caído:

— Precisamos conversar.

— Precisamos?

— Passo aí pra te apanhar. Vamos almoçar.

A cara pelancuda de Constança surgiu. Ariosto emudeceu. Elisa insistiu:

— Tá me ouvindo? Em cinco minutos. Tá bem?

E ele, já livre de Constança, mas titubeante:

— Tá... mas... seguinte: prefiro que não seja em Campo Grande.

— Medo de se expor?

— Não, não... quer dizer... evitar amolação... sabe como é...

— Conheço um restaurante discreto, em Moça Bonita.

No restaurante, ela foi de uma descontração ainda mais absoluta.

— Me senti atraída por você assim que te vi. Sabe por quê? Você é a cara do meu pai.

— Sou? Certeza?

— Absoluta. Esse ar de sonso... esse jeito bobão... Igualzinho.

— Mas o que é que...

— Acredita em reencarnação?

— Hein?!

— Espiritismo. Vidas passadas. Chico Xavier.

— Sei lá.

— Entende?

— Assim, assim... como todo mundo.

— Você é o meu pai.

— Sou?

— Eu tinha paixão por ele.

— Natural. Amor de filha.

— Não. Paixão mesmo. Desejo. Compreendi só depois que ele morreu.

— Tiveram? Ora... desculpa... quer dizer...

— Sexo? Não. Mas vou ter agora.

— Vai?!

— Com você. Está escrito. É destino.

De novo o fantasma de Constança apareceu, ele se retraiu:

— Olha... é melhor... é melhor a gente conversar outro dia...

Ela sorriu:

— Não faz mal. Não tenho pressa. Te encontrei de novo. É o que importa. Ligo amanhã.

O amigo do peito

— Ligou?

— Nem sei se vai.

— Ora se vai. Dou minha cara a tapa.

Quem conversava com Ariosto era o Nestor, amigo de infância. Também contador, tinham escritório no mesmo andar. A bem da verdade, Nestor não suportava Constança, e não se cansava de repetir, com a desabrida familiaridade dos íntimos:

— Por que não se separa, rapaz? Ou não trai? Tás perdendo tempo. Você leva uma vida de Cristo ainda pregado na cruz. Me corrija se minto. Porque casou com a mulher errada...

— É, mas...

— ...tá se punindo até hoje. Por mais de quinze anos! Vale a pena? Hein? Diz! Vale? Tudo isso, sem falar no negão.

E Ariosto, quase num berro:

— Pelo amor de Deus! Me escuta!

Nestor continuou:

— Olhaí, essa garota... como é mesmo o nome dela?

— Elisa.

— Pois é. Pode muito bem ser o primeiro passo. Sua libertação.

— Acredita?

— Cegamente.

— Sei lá... papo mais estranho. Sou o pai dela reencarnado. Pode?

— É boa?

— Mulheraço.

— Então quê que importa o papo?

— Eu sei, eu sei... mas é que...

O telefone toca. E Nestor:

— É ela.

Era.

— Tou aqui embaixo. Desce.

— Não posso... o escritório...

— Deixa comigo — sussurra Nestor.

— Tou descendo

Antes de entrar no elevador, Ariosto ainda ouve o amigo gritar:

— Capricha, cara! Vai fundo!

A libertação

Ela foi direto para o motel Windsor, na Avenida Brasil. Ele, calado, se deixou levar. Estava convencido de que aquele era mesmo um destino do qual não podia fugir. Pelo menos naquele momento.

Aliás, Elisa, para convencê-lo disso, fez coisas do arco da velha. Fogosíssima, deu-lhe um sexo que ele jamais poderia imaginar. Comparado com o que raramente recebia de Constança... Resumindo: Ariosto ficou literalmente descadeirado.

Já era quase noite quando ela o deixou na porta do escritório.

— Tenho uma surpresa. Quero te mostrar. Te ligo pro escritório combinando. No sábado. De manhã.

— Não trabalho. O escritório tá fechado.

E ela, sorrindo, dando adeusinho com a ponta dos dedos e arrancando com o carro:

— Dá um jeitinho.

A surpresa

Era a mais previsível do mundo: um apartamento num edifício superdiscreto, num lugar mais discreto ainda, chamado Vila Comari.

— Gostou?

— Muito.

— É pequeno. Só quarto e sala.

— Mas aconchegante.

— Eu mesma escolhi os móveis, a decoração. Se não gostar de alguma coisa, mando trocar.

— Não, não. Está tudo ótimo.

— Nosso ninho!

— Pois é...

Calou-se, visivelmente constrangido.

— Que foi?

— Nada.

— Você tá esquisito. Desde que chegou.

— É que... bom, é tudo meio estranho. Esse apartamento... e você... é a primeira vez que eu...

Ela sorriu, beijou-o:

— Você precisa relaxar. Vem, vamos pro quarto.

Mar de rosas

Durante os meses seguintes, Ariosto viveu quase num mar de rosas. Quase, pelo seguinte: com a cobertura de Nestor, todas as tardes ia para o apartamento. Só que, em casa, quando dava de cara com Constança, sentia-se mais desprezível que um verme. Em seu delírio, imaginava ter a traição impressa na testa com a nitidez das antigas estampas do sabonete Eucalol.

Mas o que minguava mesmo o tal mar de rosas ia muito além da mera traição, do trivial peso de consciência. Era a cândida e diabólica dependência de Elisa. O fato é que ela lhe entregava de bandeja sua liberdade. Mais: sua vida. E, que diabo, era uma carga que literalmente o achatava.

A coisa tinha um efeito tão devastador que ele nem sabia mais que sentimento lhe devotava. Amor, no duro, no duro, não era. De sexo ela já lhe dera tudo, e até um pouquinho mais. Sobrava aquele vazio no estômago, aquela coisa fantasmagórica, incorpórea, e por isso mesmo cada vez mais apavorante.

E tudo só piorou na tarde em que ela, como se fosse algo de uma simplicidade canônica, perguntou:

— Quando você vai deixar de vez sua família? A gente podia morar aqui mesmo. Qué que você acha? Bom... pelo menos por enquanto ...

Pronto. Ela agora exigia dele a mesma descabelada devoção. Era o que temia. Só faltava a porta se abrir, Constança aparecer, dar um tiro nos dois.

Foi aí que Ariosto compreendeu o fato trágico e inegável: estava longe de ser um devasso, a traição o incomodava como um dente cariado. Era e sempre tinha sido um paradão, um homem de família, que no fundo desprezava os canalhas completos. Como o Nestor, por exemplo.

E agora? O que fazer? Ser um eterno e abominável pústula diante de Constança, ou ter para sempre diante de si a cara suspeitissimamente sorridente de um Chico Xavier travestido de Elisa?

A noiva

Quando chegou para o almoço, Ariosto encontrou as mulheres da casa alvoroçadíssimas. Por mulheres da casa entenda-se Constança e suas duas irmãs velhotas e solteironas de Nova Iguaçu, que tinham vindo passar com eles o final de semana.

Constança pegou-lhe a mão — há quase um ano, desde que se separara de Elisa, o relacionamento de Ariosto com a família tinha mudado da água para o vinho — puxou-o para um canto da sala. Mirinho estava sentado à mesa. Constança apontou-o com um gesto de cabeça, e, a voz misteriosa, sussurrou:

— Vai trazer a noiva aqui hoje à noite. Pra gente conhecer.

— Noiva?

— Pois é. Ficou. Às escondidas.

— Mas a gente mal sabia que ele tinha namorada.

— Pra você ver. — e encerrou aqueles cochichos com a linda frase feita: — Mocidade de hoje... não dão a mínima pros pais!

Ariosto sentou-se ao lado do filho. Deu-lhe tapinhas nas costas:

— Quem é a felizarda? Conhecida nossa? Pode-se saber?

Mirinho repetiu o discurso já feito para a mãe e as tias. A moça se chamava Silvana. Era funcionária pública. Tinha sido transferida recentemente para

Campo Grande. Vinha de Vassouras e lá deixara a família, pai e mãe. Era também um pouco mais velha que ele.

— É tudo o que você sabe?

— Ô, Ariosto! — exclamou Constança. — Não é o suficiente? Pra hoje em dia...

E o papo ficou por aí.

Quando Ariosto voltou, à noite, havia no ar e na cara das três uma expectativa horrenda, de esfrangalhar os nervos de qualquer um. Ele zanzou pela sala, serviu-se de uma cervejinha. Estava de costas para a porta quando Mirinho entrou. As três exclamaram, a uma só voz:

— Enfim, a noiva!

Ariosto se voltou, quase engoliu o copo de susto. Deu de cara com Silvana, que na verdade era uma sorridente Elisa, sendo apresentada por Mirinho, estendendo a mão à Constança, às duas tias. Quando chegou sua vez, pespegou-lhe um beijo em cada bochecha, perguntou:

— Posso chamá-lo de pai?

Daí em diante, Ariosto se anestesiou, caiu na mais dramática letargia. As coisas se desenrolavam à sua frente como um filme de um diretor de miolo mole, com atores também amalucados e do qual ele se recusava a participar. Mal chegou a perceber que por cima da mesa os olhos de Elisa não se desgrudavam dele, e que por baixo da mesa os pés dela não cessavam de procurar os seus.

Só no breve instante em que ficaram a sós é que ele conseguiu murmurar:

— Deixa o Mirinho em paz. É um garoto. Não merece.

— E você? Volta pra mim?

Constança apareceu, seguida das outras:

— Prontinho. A sobremesa. Sorvete. De baunilha.

Elisa, diabólica, sorriu:

— Adoro.

Mirinho, que tinha saído para comprar mais guaraná, demorava.

— Será que aconteceu alguma coisa? — alarmou-se uma das tias.

Ariosto, pretextando saber o que estava havendo, saiu. Ainda ouviu Constança recomendar que voltasse logo. Não fizesse desfeita à visita. E Elisa retrucar, mais diabólica ainda:

— Visita? Ora, já me considero da família.

Lamentos

No boteco da esquina, com a plena consciência de que Elisa era a irmã postiça de uma crudelíssima Pomba-Gira, Ariosto enchia a cara com invejável volúpia. E gritava:

— Sou o maior pai do mundo! O maior! Sou ou não sou?

Como tinham se conhecido? Será que Elisa dava a Mirinho o mesmo sexo, o mesmo arrebatamento que... A cada vez que pensava nos dois, Ariosto sentia... Droga, estaria com ciúme do próprio filho? Mas aquilo era... era...

Quando voltou para casa, tropeçando nas cadeiras da sala, mal deixou Constança reclamar, foi logo perguntando:

— Cadê o Mirinho?

— Ué, com a noiva.

— Até essa hora?

— No apartamento dela.

— Na vila Comari?

— Como é que você sabe?

— Ele... ele que disse.

Foram se deitar. De madrugada, Ariosto, que não tinha dormido um segundo sequer, levantou-se, trancou-se no banheiro. Primeiro, chorou como um bezerro desmamado. Depois, cortou os pulsos com uma gilete.

Seis meses depois, o suicídio ainda um mistério para a família, os vizinhos, Ariosto já quase totalmente esquecido, Elisa se casa com Mirinho. Na lua de mel, no friozinho de Penedo, entre uma carícia e outra, pergunta:

— Sabe por que gamei por você, assim que te vi?

— Não.

— Você é a cara do meu pai.

— Sou?

— Eu tinha paixão por ele.

— Paixão?

— Desejo. Sexual. Só compreendi depois que ele morreu.

— Não brinca!

— Acredita em espiritismo? Chico Xavier? Vidas passadas?

— Sei lá.

— Você é o meu pai.

— Sou?

— Reencarnado. E agora eu vou poder...

O SUICIDA

— Vou me suicidar — disse, solene, à mulher.

Durvalina, acordada por ele àquela hora — eram três da madrugada — resmungou:

— Não amola, Tatá. Me deixa dormir.

— Disse e repito: vou-me suicidar — insistiu Otaviano, incomodado pelo apelido, que, aliás, detestava, e mais ainda pela indiferença da mulher.

Um segundo depois, ela já de novo ressonava (tinha a cara besuntada de creme), enquanto ele, ensimesmado, permanecia de olho arregalado, tão infeliz e impotente quanto um Sansão com dermatite seborreica.

Convicções

O fato é que Otaviano tinha sobre Deus e sobre a eternidade ideias de uma contundência acachapante.

— Deus não passa de um axioma — dizia, para arrepio dos três ou quatro amigos reunidos no armarinho do turco Abraão. Dizia mais: o responsável por isso era nada menos que São Tomás de Aquino. Não tinha ele tentado provar a existência de Deus pela lógica? Pois então? Só que a lógica não passava de mero sistema axiomático, provava apenas o já estabelecido.

— Assim, Deus é uma prova de si mesmo. Ou seja, Deus não passa da mais solene redundância.

Arfante, afogueado, sua convicção era tão feroz que fazia murchar qualquer tentativa para contradizê-lo. E, diga-se de passagem, nessas horas Otaviano tinha a veemência de um Carlos Lacerda desempalhado, de um Catulo suburbano e barbado (dizem os historiadores que Catulo, para agradar à doce Lésbia, não usava barba, enquanto Otaviano, para agradar Durvalina, cultivava cerrado cavanhaque).

Mas faltava ainda o dó de peito, que ele dava alçando-se na ponta dos pés (era baixinho, usava salto carrapeta):

— Logo, se Deus não existe, não existe também qualquer esperança de eternidade. Portanto, o destino do homem é a mais completa danação.

Durante todo um mês, não arredou pé de tais convicções. Chegar ao suicídio foi apenas um passo adiante. Pareceu-lhe a mais lógica, razoável e ponderada maneira de fugir à torpeza de tão horrível destino. Encarado desta maneira, revestia-se o suicídio de inegável santidade.

Manteve sigilo sobre a nova convicção até que a sentiu madura o suficiente para confidenciá-la em primeira mão à mulher. No fundo, esperava dela uma adesão incondicional e até já chegava a imaginar o mais doce e terno pacto de morte.

Extremos

Mas, como se viu, Durvalina se limitou a dar dois ou três muxoxos mal-humorados e voltou a dormir, como se ele não lhe tivesse revelado o segredo máximo da existência.

Otaviano não pregou os olhos durante toda a noite, e assim que saiu da cama, no dia seguinte, correu para o banheiro, raspou a barbicha.

Depois, durante longos instantes, à beira da cama, antes de sair para o trabalho — tinha um pequeno escritório de advocacia na Rua Engenheiro Trindade — olhou para Durvalina, ainda adormecida. Seu rosto, que sempre o encantara ao longo daqueles quase dez anos de casados, parecia-lhe agora (o tal creme virara uma papa esbranquiçada) a cara de uma lésbica desempregada.

Engraçado é que não lhe tinha ódio. Muito menos pensou: tenho que me vingar, sou mau como um pica-pau.

Fez pior: deixou de amá-la.

A surpresa

Na rua, foi atacado pela banalidade da falsa grandeza. Com o maior descaramento, tropeçava em si mesmo, no fato de se julgar um visionário, sujeito capaz de pensar e de deslindar as linhas do destino humano. Mal comparando, lia estas linhas como uma cigana lia a mão de qualquer incauto. Com a significativa diferença de que a cigana era levada a sério, enquanto ele...

Sim, havia a rejeição de Durvalina. Escassa e única, é verdade. Mas rejeição. Era um fato. Mas, que diabo, não de tanta significação assim. Ou melhor, de significação alguma. Durvalina, que, na juventude, apesar de burrinha, era uma mistura de Theda Bara com Ava Gardner (as coxas de uma, o rosto da outra) —, hoje piorara: estava mais burra e com a agravante de agora se parecer com uma Derci Gonçalves às vésperas da menopausa. Não devia ser levada em conta, portanto.

O que ele precisava mesmo era ser ouvido e apreciado por uma multidão. A multidão da loja do turco Abraão, por exemplo. Era uma multidão de três, no máximo quatro gatos pingados. E aí incluído o próprio Abraão, com sua lerdeza bovina para compreender qualquer outra coisa que não a vulgar propensão para ganhar dinheiro. Mas, que diabo, já era um começo. Afinal, não é de grão em grão que a galinha enche o papo? Depois viria a consagração de todo Campo Grande, do Rio de Janeiro e, quiçá, o Brasil inteiro se renderia ao suicídio, a nova religião, a nova onda nacional. E dela ele seria o arauto absoluto, um novo padre Marcelo a glorificá-la *ad aeternum*, em prosa, verso, água benta e ladainha para milhões de embasbacados seguidores.

Embalado por tão imensas pretensões, passou o resto do dia. Ou melhor, só até depois do almoço, quando se convenceu de que deveria se apresentar mais cedo na loja e muito bem posto. Por bem posto, entenda-se: terno escuro, gravata, sapato brilhando, gel no cabelo, aliás, já rareando. Afinal, o momento exigia certa solenidade. Fechou o escritório, foi para casa. Durvalina, diretora de uma escola pública, só chegaria lá pelas cinco, seis da tarde.

Nem bem entrou, ouviu ruídos. Leves, a princípio. Depois, gritadinhos; por fim, alongados, quase grunhidos. Vinham do quarto. Abriu a porta, deu com Durvalina, nua em pelo. Sobre ela, um homem, também pelado, de bunda alvacenta e horrendamente cabeluda. Assim que o pressentiu, o sujeito deu um repelão, virou-se. Era o turco Abraão.

A devassa

Abraão:

— Ele virou as costas, saiu.

— Não lhe deu um tiro?

— Também pensei que ia dar.

— Nem voltou?

— Durvalina garantiu que não voltava.

— E aí?

— Ué, a gente terminou o que estava fazendo.

— Mas então o Otaviano...

— Durvalina disse que ele agora anda falando em suicídio.

— Será que ele descobriu?

— O quê?

— Ora, o que todo mundo tá cansado de saber.

— Que ela dá mais que chuchu na serra?

E Abraão, com um risinho maroto:

— Bota chuchu nisso. Bota chuchu.

O fato real, concreto, é que Otaviano conhecia de sobra as traições de Durvalina. E os traidores, com nome, endereço, CPF. O turco Abraão tinha sido apenas mais um.

Para qualquer marido que se preze este seria o mais abominável dos destinos. Menos para Otaviano. Ele era o que se poderia chamar de protótipo do traído. E gostava disso. Sentia mesmo a vaga nostalgia da traição. Tinha orgulho em ser apontado pelas costas na rua; nas festas, em lidar com a hipocrisia dos homens e com o comprido, turvo olhar de desprezo das mulheres. A devassidão de Durvalina o elevava aos píncaros de um prazer físico e intelectual que não conseguia obter de outra maneira. Até de filhos abrira mão, a fim de que ela pudesse se entregar de corpo e alma à sua vocação.

Com o tempo, no entanto, cansara-se de vê-la brilhar, ele sempre em segundo plano. Enfim, Otaviano não suportava mais ser um eterno Cafuringa, jamais chegar a Mané Garrincha. Sua chance de dar o drible fatal, dionisíaco, surgira com o suicídio e com sua pregação na loja. Só que, dormindo com o Abraão, Durvalina frustrara-lhe o primeiro passo de uma ascensão que poderia levá-lo ao infinito. E agora ele não estava mais disposto a admitir aquilo.

A reação

Assim que voltou para casa, foi logo dizendo:

— Chega de jogar no Olaria.

— Hein? — exclamou Durvalina.

— Quero ser titular do Botafogo, tá ouvindo bem? Titular.

— Ficou maluco, Tatá?

— Não me chama mais assim. Quer saber? O Tatá morreu.

— Ih, pelo amor de Deus! Outra vez esse papo de suicídio?

— Não. Agora o papo é outro.

E ela, depois de breve pausa, temerosa:

— Tá tirando o cinto pra quê? Quê que você vai fazer?

— Responde: sou ou não sou o titular?

— Hein?!

— Do Botafogo! Time principal!

— Não me bate! Pelo amor de Deus!

— O titular! Sou ou não sou?

— Ai! Tá doendo! Chega! Pelo amor de Deus!

Corretivo doméstico aplicado, Otaviano partiu para o corretivo público: foi direto para a loja do Abraão. Assim que entrou, fez-se um silêncio de cena final de bangue-bangue. Otaviano encarou um por um, com lentidão de arrebentar os nervos de qualquer peralvilho. E, a voz firme:

— Dou um tiro na cara de quem disser mais alguma coisa da Durvalina! Um tiro!

E mais não disse. Saiu.

Na rua, sentiu a alma leve, infantil, de uma pureza invejável. Andou à toa por algum tempo. Depois, o peito estufado, os passos picadinhos de galo garnisé, rumou para casa. Pelo caminho, pensou que São Tomás de Aquino talvez não fosse lá um sujeito tão mal assim. Pensou também que o melhor seria enterrar aquela história de suicídio. Pelo menos por enquanto. Ideia ótima, mas avançada demais para nossa época. O aquecimento global lhe parecia mais condizente com nosso tempo. Restava a danação eterna, que, aliás, foi logo esquecida assim que abriu a porta e uma Durvalina dengosa, fogosíssima, a voz pingando de desejo, ronronou:

— Por que ser um simples jogador? Você pode ser o diretor do clube. Sabia? De qualquer grande clube.

Em seus braços passou a noite. E, a bem da verdade, sentiu-se como nunca um marajá com elefante dentro de campo, um fauno das quatro linhas, o mais imbatível Hércules do antigo e nobre esporte bretão.

O PASTOR

No velório, sua imagem era a do mais descabe-
lado, invejável desespero:

— Como é que a Dora foi morrer assim?
Como?

Dora era como ele chamava a esposa — Doralice — morta num acidente quando vinha da cidade
para Campo Grande.

— No 398, numa batida na Avenida Brasil. Mas
alguém morre numa viagem tão mixuruca? Morre?
Me expliquem.

Os parentes, basicamente a cunhada, irmã da
morta, e duas velhas tias que ele não via há anos,
tentavam consolá-lo:

— Não se desespera tanto. Pensa em Deus. Ela foi chamada. Chegou sua hora.

Mas Olavo — ou, por extenso, Olavo de Souza Brito, pastor da Igreja Pentecostal Amor em Cristo com sede na Rua Campo Grande, 345 — curtia uma dor tão funda que os pentecostais que entupiam a capela caíram também no choro.

E assim Doralice, numa tarde enevoada e chuvosa foi conduzida à cova, acompanhada por um Olavo desvairado e cambaleante, quase levado nos braços da cunhada.

Desfaçatez

— Por que você se casou comigo? — perguntou Doralice.

Preparavam-se para dormir. Ela, sentada na penteadeira, diante do espelho, passava creme no rosto. De *baby-doll* preto, exibia um corpo e acima de tudo umas pernas abominavelmente lindas. Ele, sentado na cama, tirava as meias, coçava o dedão do pé direito.

— Isso lá é pergunta?

— E isso lá é resposta?

— Ora, porque te amo.

Mentia descaradamente. Amava, sim, a irmã dela. Chamava-se Lurdinha e tinha sobre Doralice uma vantagem incomensurável: era capenga, uma autêntica deixa que eu chuto.

Parecenças

— Mãe, bota mais. Ela tá pedindo.

Por ela, entenda-se uma entidade qualquer que com Olavinho — assim a mãe o tratava — compartilhava o café com papinha de maizena e banana amassada.

Aos 8 anos, mantinha com o sobrenatural uma intimidade invejável, quase obscena. Alguém mais cínico diria que também era dotado de uma cavalar, precoce canalhice. Explica-se: a papinha extra era sempre trocada por uma enfiada de pedidos. Que, aliás, jamais deixavam de ser atendidos.

Enfim, numa idade em que as outras crianças ainda atavam grilos em caixas de fósforo e caçavam joaninhas pelos jardins, Olavo estabelecia vínculos para lá de suspeitos. Sim, porque, afinal, que entidades seriam aquelas?

Se pudesse adivinhar, a mãe não se apressaria a atendê-lo, no rosto o sorriso da mais tola solicitude, na voz o encanto bobão de um apego para qualquer um quase ofensivo:

— Ai, que coisinha mais linda!

Ou tudo talvez não passasse de diabólica ou divina galhofa das próprias entidades, para zombar de tão despropositada audácia infantil. Se não fosse assim, como explicar o fato de a mãe ser mignonzinha, lourinha, bonitinha, gostosinha e também uma autêntica deixa que eu chuto como a irmã de Doralice, que Olavo só viria a conhecer quase trinta anos depois?

O picolé

Entrando no prédio da igreja, Olavo ia-se perguntando por que o símbolo de Campo Grande tinha que ser um ovo de galinha.

— A senhora sabe, dona Augusta?

— O quê, pastor?

— O símbolo de Campo Grande. Por que é um ovo de galinha?

A secretária olhou para ele, espantada. Na verdade, com um ar de galinha espantada. Só faltava fazer cocoricó. E ele então compreendeu que sempre tinha esperado dela apenas aquilo: um agudíssimo, soleníssimo cocoricó.

Foi para sua sala. Tinha pânico de gordas, e dona Augusta era de uma gordura imortal, pecaminosa. Em meio a uma dezena de Olívias Palito, tinha-a escolhido exatamente por causa disso, para se sentir todo dia um torturado, um São Francisco de Assis sem qualquer possibilidade de remissão. Sim, porque a gordura nos outros era para ele uma busca nostálgica e desesperada do impudico gordo que ainda havia dentro de si.

Lá pelos dez, doze anos, era magro, seco como um ponto de exclamação, um Marco Maciel campo-grandense. Seu gogó era tão saliente que parecia um deslocado, monstruoso terçol. Mas, a partir dos quinze anos, engordou tanto que chegava a tropeçar na própria papada.

— Aí tem coisa. Isso lá é normal? — dizia a vizinha da frente.

— Que coisa, dona Chiquinha? É da idade — retrucava a mãe.

Mas tanto a vizinha insistiu que a mãe, impressionada, resolveu levá-lo ao terreiro de Nhã Nhã Guiomar, a mais afamada ialorixá de Campo Grande, tão afamada quanto Nero quando perseguia os cristãos.

— Faz milagre. Uma santa — garantia a mãe. — E Nhã Nhã Guiomar foi colocada nos cornos da lua. Só ainda não tinha conseguido fazer nascer cabelo em careca, mas o resto...

Nhã Nhã os atendeu numa salinha, nos fundos do terreiro. Era magríssima, de peitos chupados, diáfana, quase transparente, como uma esvoaçante cortina de velório. Fez a mãe sair, puxou-o para um dos cantos, disse-lhe, com voz de desenho animado, mais precisamente do Tio Patinhas, do qual era fanática colecionadora:

— Você é um ladrão. Me roubou as entidades. Agora vai ter que devolver. É o único jeito de emagrecer.

Sacudiu-o, jogou-o sobre uma esteirinha da Guiné e no segundo seguinte Olavo se viu espetado pelas esfregações de suas costelas, de seus quadris e de suas coxas de caniço. Esfregações, aliás, que foram num crescendo delicioso, que o fizeram ouvir tambores africanos e rugidos dos mais feros animais, até que com um grosso gemido ele devolveu a Nhã Nhã até a última das surrupiadas entidades.

Já lá se iam mais de dez anos e ele ainda se lembrava da quilométrica distância que ia de uma coxa à outra de Nhã Nhã, com um tufo verde amarelado no meio, parecido com um picolé de baunilha. Picolé que ele sorveu com jucunda avidez durante quase dois meses, quando a mãe suspendeu o tratamento, que de nada estava adiantando. Mas ele jamais se esqueceu do picolé da Nhã Nhã Guiomar. Estava justamente pensando nele quando dona Augusta entrou, avisando que duas mocinhas queriam vê-lo.

— Duas?

— A mando do pastor Olegário.

Por que o Olegário estava lhe mandando duas, se tinham combinado que...

— E a senhora tá esperando o quê, dona Augusta? Manda entrar.

Olavo não sabia, mas, com aquela simples ordem, estava alterando para sempre o seu próprio destino.

Lurdinha

— Seguinte, Olegário. Me manda as mais gostosas, sempre uma de cada vez. Faço o mesmo com você.

— Só que já te mandei uma porção. E nenhuma te satisfez.

— É que eu tenho uma exigência especial.

— Bota especial nisso! E quase impossível de satisfazer!

Pastores os dois, combinavam como repartir o rebanho. As idosas, com furúnculo, catapora e estropiadas de toda espécie iam parar diretamente nos braços do pastor Juvenal, o milagreiro. Acordo entre canalhas, com Olavo e Olegário as coisas funcionavam diferente: repartiam entre si as novinhas, as que desejavam uma dádiva, um favor divino ou simplesmente uma palavra de consolo. Mas aí vinha a tal exigência que deixava Olegário desvairado.

— Me arranja uma capenga. Quanto mais complexada melhor. Mas capenga, pelo amor de Deus.

— Só pode ser tara. Só pode ser — descabelava-se Olegário, que acabou convencendo o amigo a procurar o Dr. Alberto:

— Interessante... muito interessante... Escute, você nunca fala em seu pai.

— Nem posso, doutor. Nem posso.

— Ora essa, meu caro. Por quê?

— Ele morreu quando eu nasci. Atropelado na cancela da Caroba. Ia pro hospital me ver. Não reparou no trem.

— Lástima, caríssimo. Mas interessante... muito interessante.

— Virou uma papa. Um ketchup da Sadia. Qué que tem de interessante nisso, doutor?

— Digo... a fixação em sua mãe.

— Nunca tive. E quer saber? Sempre detestei a velha.

— E nega... mais interessante ainda.

Deixou o médico falando sozinho (era uma besta),virou-se para as duas moças:

— Então querem orientação espiritual?

— Ela. Eu não quero nada — respondeu Lurdinha.

Era despachadíssima, lindíssima e, sonho dos sonhos, capenga.

A tara é um benefício. Maior, só o milagre, pensou Olavo, sem desgrudar os olhos dela, tomado por tremeliques tão fortes que ela percebeu:

— O senhor tá sentindo alguma coisa? A gente pode voltar outro dia.

Sequer disfarçava o ar mortalmente zombeteiro, como se tivesse plena consciência de seu poder. Quanto a Olavo, limitava-se a ficar à sua frente, extático e mudo, com cara de bobo, de estátua recém-inaugurada.

A proposta

— Te amo. Juro.

— Mentira. Me conheceu ontem.

— Amor à primeira vista.

— Sexo. Puro sexo.

— Sexo e amor. Amor e sexo. O ideal, não?

— Pra quem gosta. Só que eu...

— Não experimentou, como pode saber?

— Não experimentei nem quero. Não fui com a tua cara.

— É só dar tempo ao tempo.

— Não, não e não. Agora me deixa ir embora. Tenho que trabalhar.

Era gerente de uma perfumaria, no calçadão. Na hora do almoço, comia num restaurante perto da loja. Ele, que a seguira, abordara-a. Para seu crescente encanto, Lurdinha não era daquelas que carregava as palmas do martírio por causa de seu defeito. Longe disso. Tinha orgulho de sua capenguice, ostentava-a como um troféu, como um Cristo suburbano e de saias exibindo as próprias chagas. A irmã trabalhava como atendente no consultório de um dentista e estudava sociologia na FEUC. Vinha de um noivado desfeito e infeliz, daí ter procurado

orientação espiritual. Era de uma fragilidade antedi-
luviana. Órfãs, moravam num apartamento próprio,
comprado com financiamento da Caixa, no Bairro
Arnaldo Eugênio. Quanto a Lurdinha...

Ela se ergueu e, peremptória, olhando-o fundo
nos olhos:

— Olhaí, vê se não me procura mais.

Deu-lhe as costas. Ele se adiantou, barrou-lhe
os passos. Sentia o passarinho fugir-lhe por entre os
dedos. Então, em desespero, fez a atordoante, inve-
rossímil proposta:

— Escuta... eu... eu me caso.

— E quem disse que eu quero?

— Com a Doralice.

Interposta pessoa

— Ficou maluco, cara?! — exclamou Olegário.

— Fiquei. Pela Lurdinha.

— E vai se casar com a irmã?

— Isso aí.

— E quer que eu seja o padrinho?

— Quero.

Olegário suspira fundo:

— Olhaí... parei contigo, tá legal?

— Escuta...

— Pra mim, chega. Somos muito amigos...

— Espera...

— ...mas não me mete nessa idiotice. Me poupe, por favor.

E Olavo, num berro:

— Me escuta, droga! Só um minutinho.

— Meu Deus do céu...

— Tou usando uma estratégia.

— E genial! A gente logo vê!

— Não ironiza, cara. Não ironiza.

— Vou tentar.

— Seguinte: tou usando uma pra conquistar a outra.

— Conquistar?!

— Conviver... ficar perto, até... até...

— Até?

— Além do mais, é uma tremenda prova de amor, de superação.

— Superação?!

— Casando com a Doralice, estou superando o amor que sinto pela Lurdinha. Entendeu?

— Eu, já. Mas e Lurdinha? Explicou isso a ela?

— E precisa? Ela concordou.

— Mesmo?

— Quer dizer... vou namorar, conquistar a Doralice... aí a gente vai se apaixonar e casar...

— Tudo de mentirinha?

— De minha parte. Mas ninguém sabe. Só você.

— E serão felizes para sempre?

— Por que não?

— Os três?

— Por que não?

— Meu Deus do céu! Meu Deus do céu! — exclamou Olegário, quase arrancando os cabelos, entregue à mais impotente e estéril das indignações.

O fuzileiro

Terminado o enterro, enxugadas as lágrimas, Olavo, em casa, trocava de roupa, tentando assobiar um sambinha do Adoniran Barbosa e pensando que paulista não sabia mesmo fazer samba. Pensava também que aquele era seu grande dia. Com Doralice morta, tinha chegado a hora de... Emendou o sambinha com um hino em louvor ao Senhor. Finalmente, tinha sido favorecido por Ele. Agora era cair nos braços de Lurdinha e... Ainda na saída do cemitério, passara-lhe um bilhete, pedindo que o esperasse no apartamento. Assim...

Abriu a porta, gritou, com a alegria de uma criança na hora de comer doce de abóbora:

— Lurdinha! Cheguei!

Silêncio. Com certeza, estava no quarto, talvez se preparando para... Entrou. Em cima da cama, dois bilhetes. O primeiro, o que ele lhe passara no cemitério, estava rasgado, picado em pedacinhos. O outro dizia o seguinte:

"Não posso ser sua. E também não quero. Não posso porque estou apaixonada por um fuzileiro naval e vou morar com ele em Bangu. E não quero porque você não presta, é uma alma de pântano. Minha irmã sofreu muito nas tuas mãos. Não sei quantas vezes estive a ponto de contar pra ela toda a verdade. Mas pensei que com o tempo, você fosse gostar dela. Me enganei. Só quero lhe dizer que lagartixa estica mas não perde o rabo. Adeus.

PS. Não me procura nunca mais, senão o Ederval vai ter que tomar uma atitude e você não vai gostar nadinha."

Do apartamento mesmo Olavo telefonou para Olegário:

— Olhaí, parei com as capengas.

— Mas...

— Definitivamente.

— Ligou só pra me dizer isso?

— Bom... é que agora tou achando que outra espécie de deficiência até que ia bem.

— Não brinca!

— E preciso de sua ajuda.

— Pra quê? Arranjar que espécie de aleijão?

— Que aleijão, cara? Que aleijão? Tou é pensando em minha finada e santa mãe.

— Que era capenga.

— E também levemente estrábica. Do olho esquerdo. Então eu queria te pedir pra me ajudar a...

ALZIRINHA

Conversam Odete e Isidoro, pais de Alzirinha.

— Não banque a sonsa. Você sabe muito bem do que estou falando — diz ele.

— Sei?

— Ela é o nosso melhor investimento.

— É?

— Gatíssima, gostosíssima, educadíssima. Quer mais?

— Bem...

— Chegou a hora.

— Chegou?

— Da Alzirinha fazer um bom casamento. Aliás, um ótimo casamento.

— Casamento, é?

— Que mais?

— E se ela não quiser?

— Responde: Alzirinha é burra? É?

— Não, mas... jovem, né?

— Daí?

— Sabe como são.

— E quem disse que o golpe do baú é coisa de velho?

— Golpe do baú?!

— Alias, o golpe, em si é sempre atual. De uma atualidade acachapante. Digo mais: é também eterno. Mais eterno que o Rei Faruk, que a pirâmide de Amenofélis, que o hino estadual do Ceará.

Ela dá um suspiro fundo, dissimula, olha para o dedão do pé. Como dizer-lhe a verdade?

A amiga

Dias antes tinha recebido a visita de Constança, que depois dos beijinhos e cafezinho de praxe foi logo dizendo:

— Caiu na boca do povo, minha filha.

— Quem?

— A Alzirinha.

— Quem?!

— Deram o flagra.

— Que flagra?

— Saindo do motel Windsor, na Avenida Brasil.

— A Alzirinha?!

— Ficha completa. Vai lá pelo menos três vezes por semana.

Haveria na voz de Constança a irisada satisfação de estar torturando uma amiga íntima? Ou Odete estaria imaginando? A verdade, inconteste, era uma só: Constança nunca tinha sido de fato sua amiga. Quando jovens, roubara-lhe o namorado, o Isidoro. Daí...

— Sabe? Só lhe digo porque quero a Alzirinha como a uma filha.

— Sei...

E Constança, olhando-a no fundo dos olhos:

— A filha que eu nunca tive.

— Escuta...

— O quê?

— Alzirinha é uma moça arejada, moderna. Sabe disso, não?

— Sei, mas...

— Então, ir a um motel é coisa que...

— Com um velho?

— Velho?!

— Casado. Três filhos.

— Quem?

— Nogueirinha.

— O advogado?

— O próprio.

— Patrão dela!

— Pois é.

Odete pigarreou, reagiu:

— Bom, mesmo assim...

E Constança, agora com a satisfação de um magarefe decepando o pescoço de uma galinha:

— Vai também com uma mulher.

— Hein?!

— Uma tal Melanie. Conhece?

E Odete, num fio de voz:

— Andava muito aqui em casa.... colegas de faculdade...

— Não com os dois ao mesmo tempo, claro. Em dias alternados. O que não significa que...

A troca

— Tá bem, mãe. Tá bem. A gente então faz uma troca.

— Hein?!

— Eu me caso, pronto. Mas continuo com o Nogueirinha. Ou com quem eu quiser.

— Chama isso de troca?

— Ué, minha liberdade por esse capricho do pai.

— Capricho?

— Que mais?

E Odete, irônica:

— Se é mesmo uma troca... a Melanie? Contrapeso?

— Ih, mãe! Pelo amor de Deus, vá!

O despudor de Alzirinha era comovente, de fazer pingar anjos pelas paredes. Odete se lembrou de seu cachorrinho de estimação. Bassê. Pintudo. Presente do pai. Ela, mocinha, afogueada, ensinara-o. Com açúcar entre as coxas. Ele lambia, ia subindo, subindo, subindo o nariz pontudo de palhaço, lúbrico e safado. Depois de casada, Isidoro lhe confidenciava coisas. Os rapazes, sem motel, sem lugar para transar. Aliviar-se, além do vício solitário, só com as putas ao longo da antiga Estrada Rio-São Paulo. Levavam os clientes para o mato, o hotel do padre. Só não lhe contou do veadinho Tonico Feitosa, neguinho sarará, nome de guerra Nescau. Da sordidez apoteótica do quartinho da Rua Viúva Dantas. E dos gemidos agônicos que furavam paredes, afogueavam os velhos, apavoravam as criancinhas.

O noivo

— Eu não me importo — disse Adalberto.

E ela, num susto:

— Tá brincando!

— Quer que eu repita?

— Quero.

Ele a encarou:

— Você se casa comigo...

— E?

— Bom... continua com o Nogueira.

Ela corrigiu:

— Com o meu amante.

— É... isso aí.

— E a Melanie...

— É... isso também.

— E você não se importa?

— Não.

— Mas gaguejou. Duas vezes. E também falou Nogueira. Não disse Nogueirinha.

— Bom...

— Pudor? De encarar a realidade?

— Não... não...

— Então responde: não tem pudor de me matar?

— Matar? Pelo amor de Deus! Por que está dizendo isso?

— Pois já está matando. Fique sabendo.

— Já?

— Quando disse que eu podia.

— Mas... escuta... não é o que você quer?

— Queria.

— Não quer mais?

— Impossível.

— Por quê?

— É o mesmo que crucificar Jesus Cristo outra vez.

— Não, não. Escuta...

— A gente não tem um baita sentimento de culpa pela morte dele?

— Tem, né?

— Pois é.

— É o que, Alzirinha?

— Vou ficar também com um baita sentimento de culpa, se você perdoar minha traição.

Ele se desespera:

— Mas a gente ainda nem se casou.

— Daí?

— Não tendo casamento, você não me traiu. Não vê?

— Pois fique sabendo: o perdão antecipado é a morte do traidor. Por isso, estou morta. Você me matou.

Ele se desespera mais ainda. E, com um olhar de cachorro extraviado:

— Olha, se é assim... se isso te causa tanto sofrimento, eu... eu...

— O quê?

E ele, num fio de voz:

— Prefiro até...

Torceu as mãos, crispou os lábios, numa agonia. Estavam numa suíte do motel Carbonara, em Bangu. Ela, só de calcinha, sentada num pufe vermelho. Ele, de pé à sua frente, uma toalha branca presa na cintura.

— O quê? Fala!

— Prefiro até desistir do casamento.

Ela engoliu em seco. Olhou para o quadro na parede, logo em cima da cama. Era uma gravura da santa ceia com um Cristo atarracado, quase sufocado pelos apóstolos, na cara um sofrimento de anão de velório.

Encarou Adalberto. Um banana como aquele não existia. Não podia existir, pensou. Como acreditar no que diziam, em sua fama de imbatível conquistador? Espertíssimo nos negócios, engenheiro, dono de empresas de mineração, enfim, um Eike Batista campo-grandense não podia ser tão idiota no amor a ponto de... Bom, levando-se em conta que o próprio Eike, nesse assunto, não era lá o que... Mas, e se Adalberto estivesse mentindo? Estivesse jogando verde? Mas jogando verde para que, meu Deus, se ela...

— Pois então... vamos imaginar... só imaginar... que a gente não se case mesmo...

Continuou a encará-lo. Fazia lamentável figura, o Adalberto. Era largo, bojudo, o peito enorme, mas o resto... um Hulk com pernas de Olívia Palito. E o rosto, Deus meu ("que culpa tenho? Minha cara é igual à traseira de um elefante", ele mesmo reconhecia, nos raríssimos momentos de franciscana lucidez).

— Bem... — resmungou ele, impaciente, correndo a mão pelos cabelos.

Então, de súbito, ela compreendeu. Era tão óbvio. Como não tinha percebido antes? Adalberto sofria de complexo de Pigmaleão. E que Pigmaleão recusaria alguma coisa à sua Galateia? Dizer que preferia até não se casar não significava que abriria mão dela. Poderiam continuar juntos. Amante, ele não teria as obrigações do casamento, família, aparências, toda essa embrulhada.

Ou talvez sofresse do complexo de Rapunzel. Mas uma Rapunzel careca, suburbana e sovina, que não desejava compartilhar e muito menos sair de sua torre, abandonar seu castelo. Neste caso, ele daria às de Vila-Diogo, ela seria jogada às traças, adeus noivado, casamento, mancebia.

Continuava a encará-lo, só que agora com o olhar espantadíssimo de alguém que tinha acabado de topar e de decifrar a esfinge. Com aquele jeito sonso, o ar abobado, era também espertíssimo no amor. Ora, ora, quem diria?

— Bem... — repetiu ele, cada vez mais impaciente.

Ela se limitou a sorrir. Ergueu-se, abraçou-o, esfregou-se nele. Quando o sentiu afogueado, levou-o para a cama. Tirou a calcinha, ofereceu-se. Ele se atirou sobre ela. Alzirinha o recebeu entre os braços e as pernas, no rosto um diáfano sorriso. Pensava no Cristo da gravura à cabeceira. Beijou-o, e depois não pensou mais nada.

Afinal, nem Galateia, nem Rapunzel. Apenas uma safadíssima Madalena negociando com Judas o ganho vil de trinta moedas.

Esta obra foi composta em Minion 11/13,1.
Impressa com miolo em offset 75g e capa em cartão 250g,
por Createspace/ Amazon.